AF278646

CALENDRIER FRANÇAIS,

DÉDIÉ A LA VIEILLE ARMÉE,

Par DEBRAINE.

PARIS,

IMPRIMERIE DE SÉTIER.

1819.

Ce Calendrier se vend séparément, avec ou sans Notes.

JANVIER.

emier quartier le 3, pleine Lune le 11, dernier quartier le 19, nouvelle Lune le 26.

1	ven	Circoncis.	Entrée à Tortose.	Esp.	1814
2	sam	s. Basile.	Capit. de Dantzick.	Prusse.	1814
3	Dim	s.^eGenev.	Comb. de Prieros.	Esp.	1809
4	lun	s. Rigobert	Prise de Kaiserlautern.	Allem.	1799
5	mar	s. Siméon.	Bat. de Turckeim.	Allem.	1797
6	mer	Epiphanie.	Comb. p. Lérida.	Esp.	1809
7	jeu	s. Théau.	Prise de Novarre.	Italie.	1798
8	ven	s. Lucien.	Prise du f. Balaguer.	Esp.	1811
9	sam	s. Furey.	Prise d'Amsterdam.	Holl.	1794
10	Dim	s. Paul.	Entrée à Dugo.	Esp.	1809
11	lun	s. Théod.	Comb. Villa-de-Ponté.	Port.	1811
12	mar	s. Fréjus.	Prise de Mantoue.	Italie.	1797
13	mer	Bap. N. S.	Prise de Stralsund.	Suède.	1807
14	jeu	s. Hilaire.	Bat. de Rivoli.	Italie.	1797
15	ven	s. Maur.	Comb. de Villa-Boa.	Esp.	1809
16	sam	s. Guillau.	Bat. de la Favorite.	Italie.	1797
17	Dim	s. Antoine.	Prise d'Utreck.	Holl.	1795
18	lun	s. Fabien.	Comb. sur la Traün.	Autr.	1801
19	mar	s. Sulpice.	Comb. de Wollin.	Prusse.	1807
20	mer	s. Sébast.	Comb. de St-Estevan.	Esp.	1810
21	jeu	s.^eAguès.	Pas. de la Sierra-Moréna.	Esp.	1810
22	ven	s. Vincent.	Prise d'Olivinça.	Esp.	1811
23	sam	s. Ildégon.	Bat. d'Atta-Fouilla.	Esp.	1812
24	Dim	s. Babylas.	Entrée à Vick.	Esp.	1812
25	lun	Conv. S. P.	Prise de Naples.	Italie.	1799
26	mar	s. Policarp	Prise d'Ehrenbreistein.	Allem.	1798
27	mer	s. Julien.	Comb. de S.-Dizier.	France.	1814
28	jeu	s. Léonid.	Comb. d'Alcala-Réal.	Esp.	1810
29	ven	s. Charlem	Bat. de Brienne.	France.	1814
30	sam	s.^eBathilde	Comb. de Molina.	Esp.	1811
31	Dim	s. Pierre.	Comb. de la Checa.	Esp.	1811

FÉVRIER.

Premier quartier le 2, pleine Lune le 10, dernier quartier le 17, nouvelle Lune le 24.

1	lun	s. Ignace.	Prise de Trente.	Tyrol.	179
2	mar	PURIFICAT.	Comb. p. Sens.	France.	181
3	mer	s. Blaise.	Comb. de Bergfried.	Prusse.	180
4	jeu	s. Phileas.	Prise de Péniscola.	Esp.	181
5	ven	s.e Agathe.	Comb. de Deppen.	Prusse.	180
6	sam	s. Vast.	Prise de Capoue.	Italie.	180
7	Dim	*septuagés.*	Prise de Schweidnitz.	Prusse.	180
8	lun	s. Jean.	Bat. d'Eylau.	Prusse.	180
9	mar	s.e Apol.	Invas. de l'Etat romain.	Italie.	179
10	mer	s. Scholast.	Comb. de Champaubert.	France.	181
11	jeu	s. Séverin.	Bat. de Montmirail.	France.	181
12	ven	s.e Eulalie.	Comb. Marienwerder.	Prusse.	180
13	sam	s. Lézin.	Comb. de Kalitsch.	Allem.	181
14	Dim	*Sexagés.*	Entrée à Rome.	Italie.	179
15	lun	s. Faustin.	Comb. d'El-arych.	Syrie.	179
16	mar	s.e Théodul	Comb. d'Ostrolenka.	Pologne	180
17	mer	s.e Marian.	Comb. de Nangis.	France.	181
18	jeu	s. Siméon.	Bat. de Montreau.	France.	181
19	ven	s. Barbate.	Bat. de la Guébora.	Esp.	181
20	sam	s. Euscher.	Bat. de Vich.	Esp.	181
21	Dim	*Quinqua.*	Prise de Sarragosse.	Esp.	180
22	lun	s.e Isabell.	Comb. de Tréviso.	Italie.	179
23	mar	s. Damien.	Comb. de Dirchaw.	Prusse.	180
24	mer	*Cendres.*	Bat. de Montallo.	Italie.	179
25	jeu	s. Avertin.	Comb. de Peterswalde.	Prusse.	180
26	ven	*les 5 plaies.*	Comb. de Brunsberg.	Prusse.	181
27	sam	s. Honorin	Comb. de Bar-sur-Aube.	France.	181
28	Dim	*Quadrag.*	Comb. de Flers.	Belgiq.	17

MARS.

Premier quartier le 3 , pleine Lune le 11 , dernier quartier le 19 , nouvelle Lune le 25.

1	lun	s. Aubin.	Prise de Nice.	Piém.	1799
2	mar	s. Simplice	Prise de Fribourg.	Suisse.	1798
3	mer	s^e. Cunég.	Comb. de Perollo.	Esp.	1811
4	jeu	s. Casimir.	Comb. de Bentheim.	Holl.	1795
5	ven	s. Adrien.	Prise de Berne.	Suisse.	1798
6	sam	s^e. Colette	Comb. de Steig.	Grisons.	1799
7	Dim	*Reminisc.*	Bat. de Craone.	France.	1814
8	lun	s. Ponce.	Comb. de Cophtos.	Egypte.	1799
9	mar	s. Franç.	Comb. de Clacy.	France.	1814
10	mer	s^e. Doctrtr.	Comb. de Villemberg.	Prusse.	1807
11	jeu	40 *Mart.*	Prise de Badajoz.	Esp.	1811
12	ven	s. Pol. év.	Comb. d'Arroyo.	Esp.	1810
13	sam	s. Euphras.	Comb. p. Rheims.	France.	1814
14	Dim	*Oculi.*	Prise d'Alexandrie.	France.	1801
15	lun	s. Longin.	Prise de Chives.	Portug.	1809
16	mar	s. Abrah.	Bat. du Tagliamento.	Italie.	1797
17	mer	s^e. Gertrud	Comb. de Caïffa.	Egypte.	1799
18	jeu	s. Alexand.	Comb. de Puelo.	Esp.	1811
19	ven	s. Joseph.	Bat. de Medelin.	Esp.	1809
20	sam	s. Joachim	Bat. d'Héliopolis.	Egypte.	1800
21	Dim	*Lætare,*	Comb. d'Arcis-sur-Aube	France.	1814
22	lun	s. Basile.	Comb. de Botzen.	Tyrol.	1797
23	mar	s. Eusebe.	Entrée à Trieste.	Italie.	1797
24	mer	s. Simon.	Comb. de Finstermunst	Autr.	1799
25	jeu	Annoncia.	B. de Ferre-Champen.	France.	1814
26	ven	s. Ludger.	Bat. de Sainte-Lucie.	Italie.	1799
27	sam	s. Rupert.	Bat. de Ciudad-réal.	Esp.	1809
28	Dim	*la Passion*	Prise d'Inspruck.	Tyrol.	1797
29	lun	s. Eustache	Bat. d'Oporto.	Portug.	1809
30	mar	s. Rieule.	Bat. de Seidiman.	Egypte.	1798
31	mer	s. Balbine.	Prise de Venise.	Italie.	1797

AVRIL.

Premier quartier le 2, pleine Lune le 10, dernier quarti[er] le 17, nouvelle Lune le 24.

1	jeu	s. Hugues.	Prise de Leybach.	Autr.	179
2	ven	La Comp.	Comb. de Bir-el-Barh.	Egypte.	179
3	sam	s. Richard.	Comb. de Hundsmark.	Styrie.	179
4	Dim	Rameaux.	Comb. de Choara.	Egypte.	180
5	lun	s. Vincent.	Bat. de Vérone.	Italie.	179
6	mar	s. Guillau.	Prise de Badajoz.	Esp.	181
7	mer	s. Hégésip.	Comb. de Monté-Facio.	Piém.	180
8	jeu	s. Gaultier.	Prise d'Onéglia.	Piém.	17
9	ven	Vend. St.	Pass. du St.-Bernard.	Suisse.	180
10	sam	s. Macaire.	Bat. de Toulouse.	France.	18
11	Dim	PASQUE.	Bat. de Montenotte.	Piém.	17
12	lun	s. Jules.	Comb. de Monte-Facio.	Piém.	18
13	mar	s. Marcelli.	Comb. de Cossaria.	Piém.	17
14	mer	s. Tiburce.	Bat. de Millésimo.	Piém.	17
15	jeu	s. Paterne.	Prise de Boulac.	Egypte.	180
16	ven	s. Fructue.	Bat. du Mont-Thabor.	Palest.	17
17	sam	s. Rodolf.	Comb. d'Ukermund.	Pomér.	18
18	Dim	Quasimodo	Bat. de Neuwied.	Allem.	17
19	lun	s. Elphege.	Bat. de Tann.	Bavière.	18
20	mar	s. Hildego	Bat. d'Abensberg.	Bavière.	18
21	mer	s. Anselme	Bat. de Mondovie.	Italie.	17
22	jeu	se. Opport.	Bat. d'Eckmühl.	Bavière.	18
23	ven	s. Georges.	Prise de Ratisbonne.	Bavière.	18
24	sam	se. Beuve.	Comb. de Neumarck.	Bavière.	18
25	Dim	s. Marc.	Reprise du Caire.	Egypte.	17
26	lun	s. Clet.	Prise de Gourtrai.	Belgiq.	17
27	mar	s. Polycarp	Comb. de Bascara.	Esp.	17
28	mer	s. Vital.	Prise de Quievrain.	Belgiq.	17
29	jeu	s. Robert.	Prise de Saargio.	Piém.	17
30	ven	se Eutrope.	Prise de Montératti.	Piém.	18

MAI.

Premier quartier le 2, pleine Lune le 10, dernier quartier le 16, nouvelle Lune 24.

1	sam	s. J. s. Phil.	Prise de l'Ile d'Elbe.	Italie.	1800
2	Dim	s. Athanase	Bat. de Lutzen.	Saxe.	1813
3	lun	Inv. s^e Cr.	Bat. d'Engen.	Allem.	1800
4	mar	s^e Monique	Débló. de Wittemberg.	Saxe.	1813
5	mer	s. Augustin	Bat. de Moeskirch.	Allem.	1800
6	jeu	s. Jean.	Prise d'Astorga.	Esp.	1810
7	ven	s. Auguste.	Pass. du Pô.	Italie.	1796
8	sam	s. Désiré.	Bat. de la Piave.	Italie.	1809
9	Dim	s. Grégoire	Bat. de Biberac.	Allem.	1800
10	lun	s. Gardien.	Pass. du pont de Lodi.	Italie.	1796
11	mar	s. Mamert.	Comb. de St.-Daniel.	Italie.	1809
12	mer	s. Epiphan	Entrée à Vienne.	Autr.	1809
13	jeu	s. Servais.	Prise du Mont-Cénis.	Piém.	1794
14	ven	s. Pacôme.	Prise de Lérida.	Esp.	1810
15	sam	s. Isidore.	Entrée dans Milan.	Italie.	1796
16	Dim	s. Honoré.	Bat. d'Albulera.	Portug.	1811
17	lun	*Rogations*	Prise de Malborghetto.	Italie.	1809
18	mar	s. Félix.	Prise d'Aoste.	Piém.	1800
19	mer	s. Yves.	Comb. de Weissig.	Saxe.	1813
20	jeu	ASCENS.	Bat. de Bautzen.	Saxe.	1813
21	ven	s. Isbergue	Bat. de Wurtchen.	Saxe.	1813
22	sam	s^e Julie.	Bat. d'Esling.	Autr.	1809
23	Dim	s. Didier.	Pass. du St.-Bernard.	Helv.	1800
24	lun	s. Donat.	Prise du Brégens.	Bavière.	1800
25	mar	s. Urbain.	Entrée à Léoben.	Italie.	1809
26	mer	s. Phil. deN	Comb. de Chiusella.	Piém.	1800
27	jeu	s Ferdinan	Prise de Dantzick.	Prusse.	1807
28	ven	s. Germain	Comb. du pont du Var.	Piém.	1800
29	sam	s. Maximin	Prise d'Oliva.	Esp.	1811
30	Dim	PENTEC.	Pass. du Mincio.	Italie.	1796
31	lun	s^e Pétronil	Bat. du Tessin.	Italie.	1800

JUIN.

Premier quartier le 1 , pleine Lune le 8 , dernier quartier le 14, nouvelle Lune le 22 , premier quartier le 30.

1	mar	s. Pamph.	Comb. de Bornos.	Esp.	18
2	mer	s. Pothin.	Prise de Milan.	Italie.	180
3	jeu	s. Clotilde	Prise de Pavie.	Italie.	18
4	ven	s. Optat.	Bat. d'Altenkirchen.	Allem.	17
5	sam	s. Boniface	Comb. de Kirchberg.	Allem.	180
6	Dim	La trinité.	Bat. de Dresde.	Saxe.	18
7	lun	s. Lié.	Comb. de Segovie.	Esp.	180
8	mar	s. Médard.	Prise de Mequinenza.	Esp.	18
9	mer	s. Prime.	Bat. de Montebello..	Italie.	180
10	jeu	Fête-Dieu	Bat. d'Heilsberg.	Prusse.	180
11	ven	s. Barnabé.	Comb. de Maubeuge.	France.	17
12	sam	s. Basilide.	Pass. du Lech.	Allem.	180
13	Dim	s. Antoine.	Prise de l'île de Malthe.	Médit.	17
14	lun	s. Rufin.	Bat. de Marengo. (1)	Italie.	180
15	mar	s. Guy.	Prise de Charleroi.	Belgiq.	181
16	mer	s. Féréole.	Bat. de Fleurus.	Belgiq.	181
17	jeu	s. Avit.	Comb. de Ronda.	Esp.	181
18	ven	s. Marine.	Bat. de Mont-St.-Jean.	Pays-B.	181
19	sam	s. Gervais.	Bat. de Hochtedt.	Bavière.	180
20	Dim	s. Silvère.	Comb. sous Namur.	Belgiq.	181
21	lun	s. Leufroi.	Comb. de Caridad.	Esp.	181
22	mar	s. Paulin.	Prise de Raab.	Hongr.	180
23	mer	s. Basile. v.	Bat. de Dillengen.	Allem.	180
24	jeu	s. Jean bap	Pass. du Niémen.	Russie	181
25	ven	s. Prospère	Prise de Charleroi.	Belgiq.	179
26	sam	s. Babolein	Bat. de Fleurus.	Pays-B.	179
27	Dim	s. Crescent	Comb. d'Oberhausen.	Bavière.	180
28	lun	s. Iréné. v. j	Entrée à Wilna.	Russie.	181
29	mar	s. Pier. s. P.	Prise de la cit. de Milan.	Italie.	179
30	mer	co. s. Paul.	Att. du chât. de Niebla.	Esp.	181

(1) 14 Friedland, Prusse 1807.

JUILLET.

Pleine Lune le 7, dernier quartier le 14, nouvelle Lune le 22, premier quartier le 30.

1	jeu	s. Martial.	Comb. de Roquencourt.	France.	1815
2	ven	*Visit. n. d.*	Bat. d'Alexandrie.	Egypte.	1798
3	sam	s. Anatole.	Prise de St.-Felin.	Esp.	1809
4	Dim	s. Martin.	Comb. de Renchen.	Suisse.	1799
5	lun	s. Valère.	Bat. d'Enzersdorf.	Autr.	1809
6	mar	s. Tranquil	Bat. de Wagram.	Autr.	1809
7	mer	s.ᵉAubierg	Prise de Rosette.	Egypte.	1798
8	jeu	s. Aquilas.	Bat. de Radstatt.	Bade.	1796
9	ven	s. Heraclé.	Bat. d'Ettingen.	Allem.	1796
10	sam	s.ᵉFélicité	Prise de Ciudadrodrigo.	Esp.	1810
11	Dim	tr. s. Benoit	Comb. de Znaim.	Allem.	1809
12	lun	s. Gualbert	Comb. sous Liria.	Esp.	1810
13	mar	s. Turiaf.	Bat. de Chébraisse.	Egypte.	1798
14	mer	s. Bonaven	Bat. de Médina.	Esp.	1808
15	jeu	s. Henri.	Comb. de Trévisa.	Esp.	1810
16	ven	N. d. m. c.	Prise de Francfort.	Mein.	1796
17	sam	s. Alexis.	Comb. d'Arosca.	Esp.	1810
18	Dim	s. Claire.	Prise de Gaëte.	Naples.	1806
19	lun	s. Vincent.	Prise de Bilbao.	Esp.	1795
20	mar	s.ᵉMargue	Prise de Nieuport.	France.	1795
21	mer	s. Victor.	Bat. des Pyramides.	Egypte.	1798
22	jeu	s.ᵉMagdel.	Prise du Caire.	Egypte.	1798
23	ven	s. Apolina.	Bat. de Mohilow.	Russie.	1812
24	sam	s.ᵉChristin	Bat. d'Almeida.	Portug.	1810
25	Dim	s. Christop	Bat. d'Aboukir.	Egypte.	1798
26	lun	s. Marcel.	Comb. d'Ostrowno.	Russie.	1812
27	mar	s.ᵉGorges.	Comb. de Sarauzen.	Esp.	1813
28	mer	s.ᵉAnne.	Bat. de Talaveyra.	Esp.	1809
29	jeu	s. Loup.	Comb. de Valterden.	Suisse.	1799
30	ven	s. Abdon.	Comb. de Jacoubovo.	Russie.	1812
31	sam	s. Germain	Comb. de Lonado.	Italie.	1796

AOUT.

Pleine Lune le 5, dernier quartier le 12, nouvelle Lune le 20, premier quartier le 28.

1	Dim	s. Pier, ès l.	Comb. de la Drissa.	Russie.	1812
2	lun	s. Etienne.	Prise du chât. d'Abouk.	Egypte.	1799
3	mar	inv. s. Etie.	Bat. de Lonato.	Italie.	1796
4	mer	s. eCroix.	Comb. de Govardo.	Italie.	1796
5	jeu	s. Yon.	Bat. de Castiglionne.	Italie.	1796
6	ven	Trans. n. S.	Comb. de Pescpiera.	Italie.	1796
7	sam	s. Gaëtan.	Comb. de Bamberg.	Bavière.	1796
8	Dim	s. Justin.	Pass. du Tage.	Esp.	1809
9	lun	s. Amour.	Comb. de Tolede.	Esp.	1806
10	mar	s. Laurent.	Comb. d'Eglingen.	Allem.	1796
11	mer	susc. s. eCr.	Bat. d'Almonacid.	Esp.	1809
12	jeu	s. eClaire.	Comb. de Banos.	Esp.	1809
13	ven	s. Hypolite	Bat. de Boulon.	Esp.	1794
14	sam	s. Eusèbe.	Comb. de Krasnoï.	Russie.	1812
15	Dim	ASSOMP.	Comb. de Boulogne.	France.	1801
16	lun	s. Roch.	Comb. de Polotsk.	Russie.	1812
17	mar	s. Mammès	Bat. de Sulzbach.	Allem.	1796
18	mer	s. Hélène.	Bat. de Smolensk.	Russie.	1812
19	jeu	s. Louis.	Comb. de Valentina.	Russie.	1812
20	ven	s. Bernard.	Comb. de Torbison.	Esp.	1811
21	sam	s. Privat.	Comb. de Bunzlau.	Saxe.	1813
22	Dim	s. Simphor	Comb. de Teineing.	Allem.	1796
23	lun	s. Thimoté	Comb. de Goldberg.	Saxe.	1813
24	mar	s. Barthèle	Bat. de Friédberg.	Allem.	1796
25	mer	s. LOUIS.	Bat. de Sagonte.	Esp.	1811
26	jeu	s. Zéphirin	Att. de Dresde.	Saxe.	1813
27	ven	s. Césaire.	Bat. de Dresde.	Saxe.	1813
28	sam	s. Augustin	Comb. de Mauzanilla.	Esp.	1809
29	Dim	s. Médéric	Entrée à Viasma.	Russie.	1812
30	lun	s. Fiacre.	Comb. du Helder.	Hol.	1799
31	mar	s. Ovide.	Bat. du camp de Maulde.	France.	1792

SEPTEMBRE.

Pleine Lune le 4, dernier quartier le 11 ; nouvelle Lune le 19, premier quartier le 26.

1	mer	s. Leu.	Comb. de la Gérine.	Piém.	1795
2	jeu	s. Lazare.	Comb. près Barcelone.	Esp.	1808
3	ven	s. Grégoire	Bat. de Roveredo.	Italie.	1796
4	sam	s.eRosalie.	Bat. de Bruchsac.	Bade.	1796
5	Dim	s. Bertin.	Pr. de la red. de Kologa.	Russie.	1812
6	lun	s. Odéziph.	Comb. Fuenté.	Esp.	1809
7	mar	s. Cloud.	Bat. de la Moskwa.	Russie.	1812
8	mer	Nat. n. D.	Bat. de Bassano.	Italie.	1796
9	jeu	s. Omer.	Bat. de Hundscoote.	France.	1793
10	ven	s. Nicol. to.	Comb. de d'Alkmaer.	Holl.	1799
11	sam	s. Patient.	Entrée à Moscou.	Russie.	1812
12	Dim	s. Serdot.	Comb. près Ordal.	Esp.	1813
13	lun	s. Maurille.	Comb. de Villa-Franca.	Esp.	1813
14	mar	ex. s.eCroi.	Comb. de l'île d'Elbe.	Italie.	1801
15	mer	s. Nicom.	Comb. de Mantoue.	Italie.	1796
16	jeu	s. Cyprien.	Comb. de Petersvalde.	Bohême	1813
17	ven	s. Lambert	Comb. d'Aberbesan.	Allem.	1813
18	sam	s. Chrisost.	Comb. de Keinitz.	Allem.	1813
19	Dim	s. Janvier.	Comb. de Berghen.	Hol.	1799
20	lun	s. Eustache	Bat. de Valmi.	France.	1792
21	mar	s. Mathieu.	Comb. de Caïro.	Piém.	1794
22	mer	s. Maurice.	Comb. de Beckem.	Belgiq.	1794
23	jeu	s.eThècle.	Comb. de Governolo.	Italie.	1796
24	ven	s. Andoche	Comb. d'Altenbourg.	Allem.	1813
25	sam	s. Firmin.	Bat. de Zurich.	Suisse.	1799
26	Dim	s. Just.	Idem.	Suisse.	1799
27	lun	s. Côme.	Prise de Dessau.	Saxe.	1813
28	mar	s. Ceran.	Comb. de Mitquemar.	Egypte.	1798
29	mer	s. Michel.	Prise de Crèvecœur.	Hol.	1794
30	jeu	s. Jérome.	Comb. d'Ebilibrich.	Dalmat.	1806

OCTOBRE,

Pleine Lune le 3, dernier quartier le 11, nouvelle Lune le 19, premier quartier le 26.

1	ven	s. Remy.	Comb. de Castelnovo.	Dalmat.	180
2	sam	ss. Anges.	Bat. de Biberach.	Allem.	179
3	Dim	s. Denis.	Comb. de Wartenbourg.	Saxe.	181
4	lun	s. Fr. d'As.	Prise de Campredon.	Esp.	179
5	mar	s. Aure.	Prise de Worms.	Allem.	179
6	mer	s. Bruno.	Bat. de Kastricum.	Hol.	179
7	jeu	s. Serge.	Bat. de Sediman.	Egypte.	179
8	ven	s. Demetre	Comb. de Wertingen.	Bavière.	180
9	sam	s. Denis. é.	Comb. du Gunzbourg.	Allem.	180
10	Dim	s. Géréon.	Comb. de Saalfeld.	Saxe.	180
11	lun	s. Nicaise.	Comb. d'Albeck.	Pays-B.	180
12	mar	s. Vilfride.	Comb. de Castellaro.	Italie.	179
13	mer	s. Geraud.	Bat. d'Iéna.	Saxe.	180
14	jeu	s. Caliste.	Bat. d'Elchingen.	Allem.	180
15	ven	s. Thérèse	Comb. de Haac.	Bavière.	180
16	sam	s. Gal.	Bat. de Leipsick.	Saxe.	181
17	Dim	s. Cerbon.	Prise d'Ulm.	Souabe.	180
18	lun	s. Luc.	Bat. de Leipsick.	Saxe.	181
19	mar	s. Savin.	Comb. de la Gilette.	France.	179
20	mer	s. Sendon.	Prise de Mayence.	Allem.	179
21	jeu	s. Ursule.	Comb. de Nuremberg.	Francon	180
22	ven	s. Mellon.	Prise de Marchiennes.	France.	179
23	sam	s. Hilarion	Comb. de Basco.	Italie.	179
24	Dim	s. Magloire	Comb. Maloiaroslavetz.	Russie.	181
25	lun	s. Crépin.	Bat. de Sagonte.	Esp.	181
26	mar	s. Rurtiq.	Comb. de Zehdnick.	Prusse.	180
27	mer	s. Frumen	Prise d'Erfurt.	Prusse.	180
28	jeu	s. Simon.	Comb. de Prentzlow.	Prusse.	180
29	ven	s. Faron.	Prise de Stettin.	Prusse.	180
30	sam	s. Lucain.	Comb. d'Hanau.	Allem.	181
31	Dim	s. Quentin.	Bat. de Strelitz.	Prusse.	180

NOVEMBRE.

Pleine Lune le 2, dernier quartier le 9, nouvelle Lune le 17, premier quartier le 24.

1	lun	TOUSS.	Comb. de Jabel.	Prusse.	1806
2	mar	*Les Morts.*	Comb. de Viasma.	Russie.	1812
3	mer	s. Marcel.	Comb. de Ségonzano.	Italie.	1796
4	jeu	s. Charles.	Comb. de Qio-Almanz.	Esp.	1801
5	ven	s. Bertille.	Comb. de Barnos.	Esp.	1811
6	sam	s. Léonard.	Prise de Lubeck.	Holstein	1806
7	Dim	s. Willebr.	Entrée à Inspruck.	Tyrol.	1805
8	lun	s. tes Reliq.	Cap. de Magdebourg.	Saxe.	1806
9	mar	s. Mathur.	Comb. de Valmacéda.	Esp.	1808
10	mer	s. Léon.	Bat. d'Espinosa.	Esp.	1808
11	jeu	s. Martin.	Comb. de Diernstein.	Autr.	1805
12	ven	s. René.	Prise de Charleroi.	France.	1792
13	sam	s. Brice.	Entrée à Vienne.	Autr.	1805
14	Dim	s. Maclou.	Combat de St.-Ander.	Esp.	1808
15	lun	s. Eugène.	Pont d'Arcole.	Italie.	1797
16	mar	s. Edme.	Bat. d'Arcole.	Italie.	1797
17	mer	s. Agan.	Prise de Clauzen.	Allem.	1805
18	jeu	s. Mandé.	Entrée à Brünn.	Moravie	1805
19	ven	s. e Elisab.	Bat. d'Occana.	Esp.	1809
20	sam	s. Edmon.	Comb. de Wischau.	Moravie	1805
21	Dim	PRÉS. N. D.	Prise de Hambourg.	Allem.	1806
22	lun	s. e Cécile.	Comb. de Kell.	Allem.	1796
23	mar	s. Clément	Bat. de Tudella.	Esp.	1808
24	mer	s. Séverin.	Comb. de Borisow.	Russie.	1812
25	jeu	s. e Cather.	Prise d'Agréda.	Esp.	1808
26	ven	se. Genev.	Pas. de la Bérésina.	Russie.	1812
27	sam	s. Achaire.	Prise de Figueras.	Esp.	1794
28	Dim	*Avent.*	Bat. d'Alba de Tormes.	Esp.	1809
29	lun	s. Saturnin	Bat. de Sommo-Siera.	Esp.	1808
30	mar	s. André.	Entrée à Lisbonne.	Portug.	1807

DÉCEMBRE.

Pleine Lune le 1 , dernier quartier le 9 , nouvelle Lune le 17 , premier quartier le 23 , pleine Lune le 31.

1	mer	s. Éloi.	Prise de Glogau.	Prusse.	180
2	jeu	Fr. Xavier	Bat. d'Austerlitz.	Moravie	180
3	ven	s. Miroclé.	Bat. d'Hohenlinden.	Bavière.	180
4	sam	s.e Barbe.	Entrée à Madrid.	Esp.	180
5	Dim	s. Sabas.	Prise de Rosés.	Esp.	180
6	lun	s. Nicolas.	Bat. d'Otricoli.	Italie.	179
7	mar	s.e Fare.	Comb. P. Gironne.	Esp.	180
8	mer	*Conceptio.*	Comb. P. St.-Doming.	Amér.	180
9	jeu	s.e Gorgon.	Pass. de l'Inh.	Bavière.	180
10	ven	s.e Valère	Capit. de Gironne.	Esp.	180
11	sam	s. Fuscien.	Comb. de Pomikuwo.	Prusse.	180
12	Dim	s. Damase.	Comb. de Lauffen.	Allem.	180
13	lun	s.e Luce.	Comb. de Palamos.	Esp.	18
14	mar	s. Nicaise.	Bat. de la Bocchetta.	Italie.	17
15	mer	s. Maxim.	Pass. du Splugen.	Helvét.	18
16	jeu	s.e Adélaï.	Comb. de Cardedon.	Esp.	18
17	ven	s. Olymp.	Bat. de Nuremberg.	Francon	18
18	sam	s. Gatien.	Comb. de Tirlemont.	Belgiq.	17
19	Dim	s. Meuris.	Comb. de Cazoldo.	Italie.	18
20	lun	s. Philog.	Comb. de Kremsmunst.	Autr.	18
21	mar	s. Thomas	Comb. de la Volta.	Italie.	18
22	mer	s. Ischyr.	Comb. de Werth.	France.	17
23	jeu	s. Victor.	Comb. de Czarnowo.	Pologne	18
24	ven	s.e Delphin	Comb. de Nasielsk.	Prusse.	18
25	sam	NOEL.	Pass. du Mincio.	Italie.	18
26	Dim	*s. Etienne*	Bat. de Pulstuch.	Pologne	18
27	lun	*s. Jean.*	Comb. du Golymin.	Prusse.	18
28	mar	ss. Innoc.	Prise de Grave.	Holl.	17
29	mer	s. Thom. c	Comb. P. Tortose.	Esp.	18
30	jeu	s. Sabin.	Comb. à Mincilla.	Esp.	18
31	ven	s. Sylvest.	Pass. de l'Adige.	Italie.	18